Leserabe

3. Lesestufe

THiLO

Agent Andy Action

Mit Bildern von Jörg Hartmann

Mildenberger Verlag
Ravensburger

MIX
Papier | Fördert gute Waldnutzung
FSC® C111262

5 7 9 8 6

Ravensburger Leserabe

Postfach 2020, 77610 Offenburg
und Ravensburger Verlag GmbH
Postfach 2460, 88194 Ravensburg
Umschlagbild: Jörg Hartmann
Konzeption Leserätsel: Dr. Birgitta Reddig-Korn
Design Leserätsel: Sabine Reddig

Printed in Germany
ISBN 978-3-619-14482-2
(für die Ausgabe im Mildenberger Verlag)
ISBN 978-3-473-38569-0
(für die Ausgabe im Ravensburger Verlag)

www.mildenberger-verlag.de
ravensburger.com/service
www.leserabe.de

Inhalt

Einbrecher im 87. Stock

Andy Action schwitzte. Schuld daran war nicht der heiße Sommertag in Los Angeles. Auch nicht seine Kleidung. Sein schwarzer Motorradanzug und der Helm hatten eine Klimaanlage. Was sein Blut wirklich zum Kochen brachte, war weitaus schlimmer: Wenn die Sache hier

schiefging, würde die Bande ihn kaltmachen.
Andy befand sich im 87. Stock des Tomassino-Gebäudes. An seinem Handgelenk trug er einen Mini-Computer, den er liebevoll DAISY getauft hatte. Der offizielle Name war ihm viel zu lang: „Daten-, Analyse- und Informations-System". Uff.
Im Moment war DAISY über Funk mit einem anderen Computer verbunden. Beinahe lautlos flogen die Finger von Andy Action über die Tasten. Geschützt von schwarzen Handschuhen. Keine Spuren hinterlassen! Das war das oberste Gebot für Geheimagenten wie ihn. Obwohl Andy erst zehn Jahre alt war, gehörte er zu den besten Hackern der Welt. Er war Agent 13/13. Andy studierte die Zahlen auf dem Bildschirm.

„Hab dich!“, murmelte Andy, als er das Passwort geknackt hatte. Er gab DAISY den Befehl, die Daten zu kopieren. Dann ballte er die Hand zur Faust. Damit konnte er die ganze Tomassino-Bande auf einmal hopsnehmen.

Doch plötzlich hörte er draußen auf dem Flur Schritte. Zwei Jungen stritten sich lautstark. Einen von ihnen erkannte Andy Action an der Stimme: Tom Tomassino, den elfjährigen Enkel des Bankdirektors Balthasar Tomassino.

„Verdammt!“, fluchte Agent 13/13 leise. Er starrte auf den Bildschirm. Mission Game-

over durfte jetzt nicht mehr abgebrochen werden. Die Daten brauchten noch zwei Sekunden, noch eine. Jetzt!
Als die Klinke heruntergedrückt wurde, meldete sich Andy vom Computer ab.
Als die Tür aufging, stand er auf dem Fensterbrett. Als Tom Tomassino und sein Bruder den Raum betraten, stürzte sich Andy Action kopfüber aus dem Fenster.

Verfolgungsjagd

Tom Tomassino stieß einen Schrei aus. Andy Action schrie nicht. Im Fallen schoss er aus seinem Rucksack ein Drahtseil ab. 255 Meter über der Straße. Ein Haken bohrte sich in die Mauer. Surr!, war das Seil stramm. Den Bruchteil einer Sekunde schwebte Agent 13/13 in der Luft. Dann schwang er auf die große Scheibe im 84. Stock zu. Krachend flog er durch das Glas.

Noch im Flug hakte Andy Action das Seil aus, landete mit beiden Füßen auf einem Schreibtisch und hechtete zur Tür.
Mit weit aufgerissenen Augen starrten ihn die Arbeiter in diesem Stockwerk an. Doch bevor ihn jemand aufhalten konnte, war Andy bereits im Fahrstuhl verschwunden.
Als sich die Tür geschlossen hatte, klickte er DAISY mit einem magnetischen Kabel an die Steuerung des Fahrstuhls.
Keiner konnte ihn jetzt noch aufhalten.
Mit doppelter Geschwindigkeit raste er in die Tiefe. Lässig wischte sich Andy die Glassplitter vom Anzug.
Unten angekommen, durchquerte Agent 13/13 mit ruhigen Schritten die Eingangshalle.
Da piepste es hinter ihm. Durch den Rückspiegel in seinem Helm sah Andy, was er schon vermutet hatte:

Tom Tomassino und sein Bruder sprangen aus dem zweiten Fahrstuhl!

„Schließt die Türen!“, brüllten sie den Wachen zu.

Andy Action ging schneller. Als sich ihm einer der Wachmänner in den Weg stellte, beförderte Andy ihn mit einem einzigen Kung-Fu-Griff auf den Teppich.

„Immer schön artig bleiben“, sagte er trocken.

Draußen holte Agent 13/13 ein Skateboard aus seinem Rucksack und schaltete den Turboantrieb ein. Wie ein Wahnsinniger raste er durch den dichten Straßenverkehr von Los Angeles. Feuer schoss aus dem Auspuff. Zeit, den Chef zu informieren.

„Mission Game-over erfolgreich", gab Andy Action durch. „Treffe in 57 Sekunden in der Zentrale ein. Ende."

Lautes Hupen erklang hinter ihm. In seinem Rückspiegel tauchten vier Jungen auf frisierten Motorrädern auf. Die gesamte Tomassino-Bande!

Andy schlängelte sich zwischen zwei Autos hindurch und krallte sich dann an der Ladefläche eines Lieferwagens fest. Ließ sich die Hollywood Hills hochziehen. Einen Moment schien Tom Tomassino ihn aus den Augen verloren zu haben. Doch dann bog die ganze Bande um die Kurve.

Mit Vollgas knatterten sie hinter Andy Action her.
Andy ließ den Lieferwagen los, klemmte sich das Board unter den Arm und rannte durch einen Garten. Auf der Rückseite der Villa sprang er über einen Zaun und fuhr weiter. Aber nur zwei Blocks. Andy Action gab Vollgas und hob ab. Mitten im Sprung stieg er vom Skateboard und riss den Reißverschluss seines Anzugs auf. Das Board landete genau in einem Mülleimer. Andy stopfte Anzug, Rucksack und Helm hinterher und schloss den Deckel.
Unter dem Anzug trug er Tarnkleider: verwaschene Shorts und ein ausgeleiertes T-Shirt. Agent 13/13 setzte gigantische Kopfhörer auf, stöpselte sie in den Computer an seinem Handgelenk und machte ein gelangweiltes Gesicht.

Er bewegte die Lippen, als würde er bei einem Lied mitsingen. Mit den Händen in den Taschen schlurfte er auf eine alte Villa zu. „Waisenhaus Zum frommen Lamm“ stand über dem Eingang.
Andy öffnete das Eingangstor. Hinter ihm quietschten Reifen.

„Verdammter Mist!", hörte er Tom Tomassino fluchen. „Wir hatten den Kerl fast."

„Hey, du!", rief einer der Bande.

Andy Action drehte sich um.

„Hast du einen Typ auf'm Skateboard gesehen? Zwei Köpfe größer als du und doppelt so viele Muskeln?"

Andy grinste unsicher und schüttelte den Kopf.

„Dann verpiss dich!"

Nervös knetete Andy Action seine Hände und ging weiter.

„Wer auch immer das war, er kann nichts gefunden haben", hörte er den Angeber Tom Tomassino noch sagen. „Mein Passwort kriegt niemand raus. Es ist der Name des einzigen Wesens, vor dem ich jemals Angst hatte."

Andy Action lachte leise. Er hielt DAISY

an einen versteckten Scanner in der
Mauer – und die Tür der Villa sprang auf.
Das Passwort von Tom Tomassino
lautete: Schnullerfee.

Ein Waisenhaus in Hollywood

Noch immer grinsend, betrat Andy Action das Waisenhaus „Zum frommen Lamm“. Der Raum hinter der Eingangstür sah aus wie ein ganz normaler Flur. Nach links und rechts gingen mehrere Türen ab. Hinter ihnen verbargen sich das Büro des Heimleiters, eine Küche und der Speisesaal. Aber das waren nur Kulissen, wie im Theater. Auf dieser Ebene arbeitete niemand. Auch die angeblichen Doppelzimmer in den anderen Geschossen waren zwar unordentlich, aber nicht bewohnt. Alles nur Tarnung für das, was wirklich in diesem Gebäude vor sich ging.
Es zischte. Versteckte Düsen in den Wänden versprühten Essensgerüche, heute Kohlsuppe.

Andy Action schüttelte sich und stieg in den Aufzug. Es gab drei Wahlmöglichkeiten: 1, 2 oder 3. Das Haus hatte drei Stockwerke. Die Tür schloss sich. Agent 13/13 hielt seinen Daumen auf einen geheimen Scanner. Sofort erschienen seine Daten auf dem Bildschirm:

Name: Andy Action
Alter: 10 Jahre
Funktion: Geheimagent der CIA
Spezialität: Computergenie

Zugang erwünscht – obwohl leicht verschwitzt

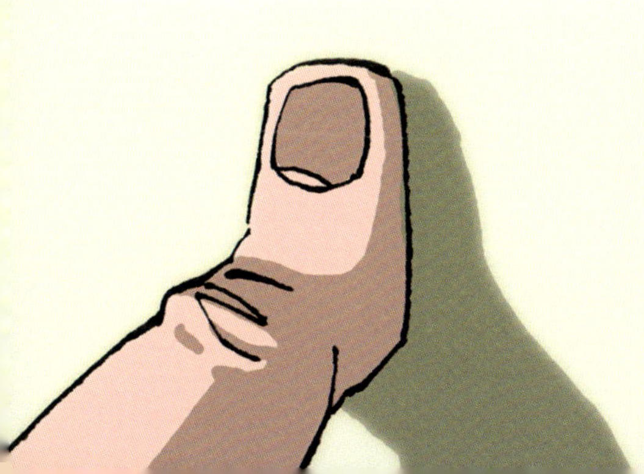

Nun erschien eine weitere Zahl: -5. Es ging abwärts. Andy Action war stolz. Was für Fremde wie ein echtes Waisenhaus aussehen musste, war in Wirklichkeit ein geheimes Internat der CIA. Hier wurden Kids wie er, die durch ungewöhnliche Klugheit in der Schule aufgefallen waren, zu Agenten ausgebildet. Sie kamen immer dann zum Einsatz, wenn Erwachsene zu auffällig waren.

Die Tür öffnete sich lautlos. In einem unterirdischen Labyrinth aus Räumen und Gängen brachten erwachsene Agenten den Kids alles bei, was zum Überleben nötig war. Andy Action grüßte ein paar der anderen. Im Sportraum kämpfte gerade Rick Smart mit dem alten Fung Lao, ihrem Kung-Fu-Lehrer.

Andy setzte sich an seinen Schreibtisch und verband DAISY mit einem riesigen

Bildschirm. Gerade, als er alle Dateien gelesen hatte, leuchtete über seinem Schreibtisch eine rote Lampe auf. Nicht sehr neumodisch – aber sehr praktisch. Andy Action sprang auf. Der Chef wollte ihn sprechen. Auf dem Weg stattete Andy noch schnell dem Waschraum einen Besuch ab, um sich ein bisschen frisch zu machen – es war wirklich ein verdammt heißer Sommertag. Aber – was war das? Aus keinem der Wasserhähne kam auch nur ein einziger Tropfen …

Ärger mit dem Chef

Sekunden später klopfte Agent 13/13 bei Max October, Direktor des Internats und sein Chef.
Max October war genau zwei Meter vier groß, hatte braune Haut und eine Glatze. Auf der Straße verwechselten ihn die Leute oft mit einem bekannten Basket-ballspieler. Er hockte auf einem roten Sessel hinter seinem gewaltigen Schreibtisch.

Bis auf einen Kugelschreiber war der Tisch leer.
„Schickes T-Shirt“, begrüßte Max seinen besten Agenten spöttisch.
Andy wurde rot. Er trug noch immer das ausgeleierte Shirt. „Tarnung ist alles …“, murmelte er zur Entschuldigung.
„Mission Game-over war erfolgreich?“
Andy Action nickte. Irgendwie klang die Stimme seines Chefs nicht zufrieden.
„Tom Tomassino und sein Bruder dürfen keine Computerspiele spielen“, berichtete er. „Ihr Großvater hat es strengstens verboten. Deshalb haben sie ein paar Unterschriften gefälscht und in China einen Container voller Spiele bestellt.
Eine Million Stück.“
Max October pfiff durch die Zähne. „Aber du hast sie erwischt. Gratuliere. Eine fast perfekte Mission.“

Andy war überrascht. „Fast perfekt?"
Max zeigte auf einen der vielen Fernseher, die in die Wand eingebaut waren. Darauf war die Straße vor dem Eingangstor zu sehen. Max October spulte den Film zurück. Andy Action und die Tomassino-Bande unterhielten sich. „Die Jungs haben dich angesprochen und du hast den Kopf geschüttelt."
Andy schluckte. „Keiner hat mich erkannt …"
Max October sah ihn ernst an. „Nein. Aber du hättest sie eigentlich gar nicht hören dürfen – mit den großen Kopfhörern auf den Ohren …"
Andy Action spürte Ärger in sich hochsteigen. Ärger auf sich selbst. Er versuchte, immer perfekt zu arbeiten …
Max October stand auf. „Wenn einem der Jungs das auffällt, könnte er sich fragen,

was sonst noch faul ist an dir. Dann kommt die Bande vielleicht zurück – und unser ganzes Internat fliegt auf …“

Max October klang nun richtig wütend. „So ein Anfängerfehler darf dir einfach nicht passieren, 13/13!“
Andy Action nickte. Er vergrub seine Fäuste in den Taschen.
„Aber du kannst es wiedergutmachen“, sagte der Chef plötzlich. „Es gibt nämlich ein neues Problem: Ganz Los Angeles ist

ohne Wasser! Und keiner weiß, warum. Bei uns heißt der neue Fall: Großer Durst."

Sofort lief Andys Gehirn wieder auf Hochtouren. „Soll die Stadt erpresst werden?"

Max October schüttelte den Kopf. „Noch ist kein Erpresserbrief eingetroffen."

Andy Action wollte gehen. Doch sein Chef hielt ihn zurück. „Hier, den kannst du sicher brauchen!"

Er warf ihm den Kugelschreiber von seinem Schreibtisch zu.

Andy zuckte mit den Schultern. „Okay. Wenn ich meiner Oma von unterwegs einen Brief schreiben will …"

Max October lachte bitter. „Dann achte aber darauf, wohin du zielst. In der Mine ist ein Laser. Mit dem kriegst du auch den Eiffelturm klein."

Durst!

Andy Action stand vor dem Wasserwerk am Rand der Stadt. Er trug unauffällige Kleidung und einen neuen Rucksack. Mit DAISYs Hilfe loggte er sich unbemerkt in den Rechner des Wasserwerks ein. Alle Pumpen funktionierten – nur, es kam kein Wasser mehr an.

Andy studierte den Plan der Pipeline. Das Wasser für Los Angeles kam in unzähligen Rohren aus allen Himmelsrichtungen. Draußen in der Wüste gab es einen Knotenpunkt, wo sie alle zusammentrafen. Von hier aus lief dann ein einziges gigantisches Rohr bis zum Wasserwerk. Der Plan sah aus wie das Bild eines Rechens.

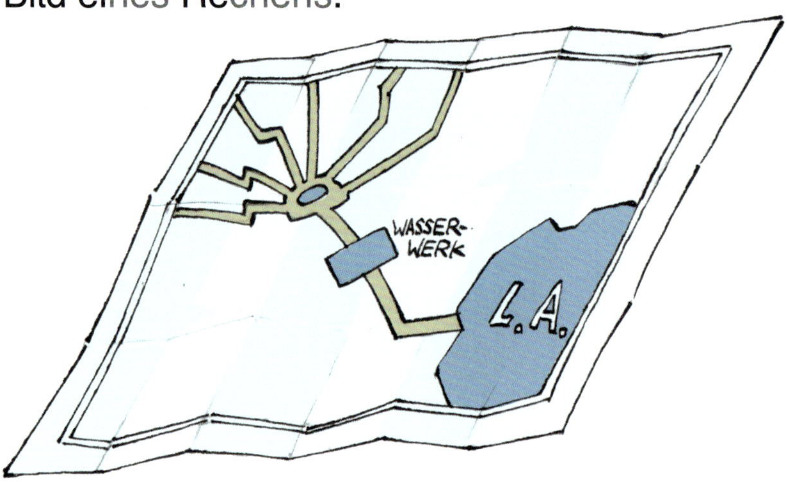

„Wenn ich Los Angeles trockenlegen wollte, dann würde ich es dort draußen machen“, überlegte Agent 13/13. „Aber warum würde ich es tun?“ So sehr er auch darüber nachdachte, Andy Action fand keine Antwort. Noch nicht. Aber er war sich sicher: Er würde den Fall Großer Durst lösen.

Er schwang sich auf sein BMX-Rad und raste los. Die Sonne brannte erbarmungslos vom Himmel. Bald war sein Vorrat an Wasser aufgebraucht.

Andy stoppte sein Bike an einem kleinen Laden. Durst! Doch Wasser und Säfte waren längst ausverkauft. Übrig war nur noch Slurp-Brause.

Andy Action sah auf ein Werbeplakat an der Wand. Es zeigte einen Jungen, dessen dicker Bauch nur von einem Gürtel mit einer schweren Schnalle aus Metall in der Hose gehalten wurde. Er nuckelte an einer Flasche mit brauner Flüssigkeit. In der anderen Hand hielt er

ein Messer mit einer Speckmaus. Seine Hamsterbacken waren zu einem Lächeln verzogen.
Darunter stand der Werbespruch:

Sei unvernünftig!
Trink Slurp-Brause.
Doppelt Zucker!
Megafetter Geschmack!

Der Verkäufer bemerkte Andys Blick.
„Das ist Fat Mike. Seinem Vater gehört die Limonaden-Fabrik“, verriet er ihm.
„Fat Mike trinkt seit zehn Jahren nur Slurp-Brause. Eine bessere Werbefigur hätten sie nirgendwo finden können.“
Agent 13/13 nahm eine Flasche und zahlte. Noch im Laden drehte er den Verschluss ab und setzte die Flasche an die Lippen. Er konnte nur einen Schluck

der widerlichen Zuckerbrühe herunterwürgen. Danach klebte seine Zunge am Gaumen fest.

„Wer trinkt denn so was freiwillig?“, fluchte Andy.

Der Verkäufer lachte. „Freiwillig niemand. Aber gerade haben die Kids ja keine Wahl, oder?“

Tatsächlich kauften alle Kinder, die den

Laden betraten, flaschenweise Slurp-
Brause.
Kopfschüttelnd verließ Andy das Geschäft und raste weiter. Nach einer halben Stunde hatte er die letzten Häuser hinter sich gelassen. Sand wehte ihm entgegen. Das Tal war beinahe eine Wüste – und heiß wie ein Backofen.
Er versuchte zu schlucken, aber es bildete sich keine Spucke in seinem trockenen Mund.
Andy Action musste seine Untersuchung so schnell wie möglich durchführen und dann verschwinden. Sonst würde er verdursten.

Erste Spuren

Andy Action stand mitten in der Wüste. Am Knotenpunkt der Pipeline. Hier traf das große Rohr auf ein beinahe unüberschaubares Labyrinth aus breiten und schmalen Leitungen. Die gesamte Anlage wurde von einem fünf Meter hohen Zaun gesichert. Stacheldraht. Keine Chance, darüberzuklettern.
„Wenn ich die Pipeline zerstören wollte, dann würde ich es hier machen“, murmelte Andy in sich hinein. „Hundert Rohre sind schwerer zu reparieren als eins.“
Er lehnte sein BMX-Rad an den einzigen Kaktus weit und breit und schritt den Zaun ab. Nirgendwo gab es ein Loch. Hatte er sich geirrt?

Agent 13/13 wollte gerade umkehren, da sah er etwas vor seinen Füßen glänzen. Etwas Rundes. Er bückte sich. Von dem Ding im Sand grinste ihm das Gesicht eines dicken Jungen entgegen. Fat Mike! Es war der Deckel einer Slurp-Brause! Rundherum waren Spuren verwischt worden.

Andy sah den Zaun entlang. Kilometer-lang zog er sich durch die Wüste. Nichts als Draht und Stachel. Und an einer Stelle ein riesiges Werbeplakat. Neugierig ging Agent 13/13 näher. Das Plakat reichte vom Sandboden bis zum oberen Rand des Zauns.

Es zeigte ein bekanntes Gesicht: Fat Mike, mit einer Flasche in der Hand. Slurp-Brause!

Andy untersuchte den Sandboden. Da! Eine Fußspur! Besser gesagt, der halbe Abdruck von einem Sportschuh. Andy Action scannte mit DAISY das Profil – und staunte nicht schlecht. „Die neuen T1000, 800 Dollar – pro Stück!“ Er rieb sich die Nase. „Die edelsten Treter, die es auf dem Markt gibt. Unser Täter ist also schon mal kein Bettler.“

Aber der Abdruck gab noch ein Rätsel auf. Er endete genau vor dem Plakat. Als wäre jemand einfach so durch den Zaun gelaufen.

Andy musste nicht lange nachdenken. Sein Gehirn war darauf geschult, Lösungen zu finden. „Das kann nur eins bedeuten“, kombinierte er. Andy griff nach dem Rand des Plakats und riss es mit einem Ruck herunter. Dahinter kam ein großes Loch zum Vorschein! Zwei Meter im Durchmesser. Irgendjemand hatte den Draht fein säuberlich durchgeknipst.

Unter Beschuss

Andy ging durch das Loch im Zaun. Hier gab es noch zwei einzelne Schuhabdrücke. Und jede Menge Reifenspuren. Die Reifen hatten sich tief in den Sand gegraben. Agent 13/13 ließ sie von DAISY analysieren. Sie stammten von einem Quad.

„Der Mistkerl ist mit einem Quad aus der Stadt gekommen“, kombinierte Andy. „Er läuft nicht gerne. Aber um ein Loch in den Zaun schneiden zu können, musste er absteigen.“

Die Reifenspuren führten nicht bloß zu einem Rohr. Der Täter hatte sich alle Rohre vorgenommen. Eins nach dem anderen lahmgelegt. Aber wie?

„Ich werde es herausfinden“, schwor sich Andy Action.

Er holte Saugnäpfe aus seinem Rucksack und kletterte mit ihrer Hilfe in zwei Sekunden auf eines der Rohre. Unterwegs fielen ihm verdächtige Spuren auf. Tiefe Kratzer, über die Breite von etwa einem Meter verteilt. Als wäre etwas das Rohr hinaufgeschleift worden. Aber nirgends Fußspuren.

„Er ist vom Quad aus hier raufgeklettert!“

Da war sich Agent 13/13 sicher.
Er stellte sich auf das Rohr. Die Kratzer im Lack endeten an einem Deckel. Ein Einstieg ins Rohr. Kreisrund. Genau 73,52 Zentimeter groß. Das musste er nicht nachmessen. Das sah er auch so. Andy ging in die Knie und wollte den Deckel anheben. Doch der bewegte sich keinen Millimeter. Andys Finger fuhren über den Rand. Deutlich konnte er kleine Knubbel spüren. Der Deckel war mit einem pinkfarbenen Kleber versiegelt worden.

Agent 13/13 holte seinen neuen Kugelschreiber hervor und drückte auf den Knopf. Sofort schoss ein greller Strahl aus der Mine und versengte einem vorbeifliegenden Geier den Hintern.
„Tschuldigung! War ein Versehen!“, rief Andy dem kreischenden Vogel hinterher.
Er nahm eine Probe des Klebers und schob sie in ein Glasröhrchen an seinem Rucksack. Dann machte er sich an die Arbeit. Der Laser schnitt durch den Deckel, als wäre es Buttercremetorte.
Schließlich fiel eine beinahe runde Scheibe ins Rohr hinein. Es platschte.
Wasser! Bis zu dieser Stelle kam es also noch.
Andy Action streckte den Arm ins Loch und schaufelte sich einige Handvoll Wasser in den Mund. Tat das gut!
Erst als der größte Durst gelöscht war,

fiel Andy der merkwürdige Geschmack des Wassers auf. Es war viel süßer als sonst.

Er nahm seine Taschenlampe und leuchtete in die Öffnung. Nichts Verdächtiges. Normales Wasser in einem Rohr. Andy Action hielt die Lampe schräg. Eine weiße Masse verstopfte das Rohr. Scheinbar absolut wasserdicht. Was war das? Superbeton? Andy machte seinen

Arm so lang es ging. Er brauchte auch von diesem Zeug eine Probe.
In diesem Moment sirrte etwas durch die Luft. Nur Zentimeter von Agent 13/13 entfernt spuckte das Rohr zwei weite Fontänen aus. Ein Pfeil mit zwei Spitzen hatte das Metall durchbohrt. Das war mehr als eine Warnung. Sein Gegner schoss scharf!

Hinterher!

Piu! Piu! Piu! Weitere Pfeile pfiffen durch die flimmernde Wüstenluft. Mit einem gewaltigen Sprung landete Andy hinter dem Rohr.
Andy Action war nicht überrascht. Er hatte diese Begegnung sogar erwartet. Wahrscheinlich war bei seinem unbekannten Gegner ein Alarmsignal losgegangen, als Andy das Plakat vom Zaun gerissen hatte. Nur die Schnelligkeit des Angriffs hatte ihn etwas überrumpelt.
„Spar dir deine Pfeile!“, brüllte Andy gegen den Wind an. „Mich kriegst du doch nicht!“
Als Antwort ertönte Motorenlärm. Mit den Saugnäpfen war Andy Action sofort zurück auf dem Rohr.
Am Kaktus stand ein Quad. Andy konnte

nicht erkennen, wer hinter dem Steuer saß. Er sah nur eins: Das Quad fuhr vor und zurück, vor und zurück. Und unter seinen schweren Reifen verwandelte sich Andys BMX-Rad zu Schrott.

Agent 13/13 war sich sicher, ein fieses Lachen zu hören.

Dann wendete das Quad und brauste mühelos durch den Sand davon.

Andy wartete, bis das Quad am Horizont verschwunden war. Dann klappte er einen Propeller und zwei Düsen aus dem Rucksack. Drückte einen Knopf. Und sauste in den wolkenlosen Himmel.

Er zischte hinter dem Quad her. Gerade so hoch, dass er nicht im Rückspiegel seines Gegners auftauchte. Bald hatten sie Los Angeles erreicht. Andy Action jagte dem Quad durch die Häuserschluchten hinterher. Eine miese Gegend.

Plötzlich bog das Quad in ein Industrie-
gebiet ein – und war wie vom Erdboden verschwunden. Aber wohin? Eine Lagerhalle lag an der nächsten, eine Fabrik an der anderen. Andy drehte noch drei weitere Runden um die Häuserblocks. Keine Spur von dem Quad. Er landete in einem verlassenen Hinterhof und verstaute Propeller und Düsen wieder im Rucksack. Dann ging er wie ein normaler Junge die Straße entlang.

Im Gehen nahm Andy Action ein zweites Röhrchen von seinem Rucksack und betrachtete es. Es enthielt eine weiße Masse. Ihm war es trotz der Schüsse gelungen, eine Probe aus dem Rohr zu nehmen.
DAISY sagte nur: Zucker.
Andy Action steckte einen Finger in das Rohr und lutschte ihn ab. Der Geschmack kam ihm bekannt vor.
Er betrat einen Supermarkt und kaufte zwei Dinge: eine Flasche Slurp-Brause – alle anderen Getränke waren sowieso ausverkauft – und eine Speckmaus.
Draußen steckte Andy Action die Speckmaus in den Flaschenhals und drehte die Flasche um. Die Maus war ein kleines bisschen zu dünn. Um sie herum bahnte sich die Zuckerbrühe einen Weg und pladderte auf die Straße.

Zuerst ein Strahl.
Dann nur noch Tropfen.
Und schließlich kam gar
nichts mehr. Die Flüssigkeit
hatte die Speckmaus aufgebläht.
Nun war sie ein perfekter Korken.
„Zentrale?“, meldete sich Andy über
sein Headset. „Streuen Sie schon einmal
Badesalz in Ihre Wanne. Der Fall Großer
Durst ist in drei Minuten und sechzehn
Sekunden gelöst.“

Das Geständnis

Zwölf Sekunden nach dem Anruf landete Agent 13/13 auf dem Dach der Softdrink-Fabrik. Der zuckrige Geruch von vier Millionen Litern Slurp-Brause verklebte ihm beinahe die Nasenlöcher. Orangenlimo, Zitronenlimo, Cola und eine vierte Mischung, deren Zutaten er beim besten Willen nicht ausmachen konnte.

Andy Action verwandelte seine Flugmaschine wieder in einen Rucksack. Mit den Saugnäpfen lief er wie eine Spinne die Wand hinab.

Andy checkte DAISYs Bildschirm. Er hatte den Bauplan der Fabrik gehackt. Sein Ziel lag direkt vor ihm. Hinter einer milchigen Glasscheibe.

Er zog den Kugelschreiber aus der Tasche und warf den Laser an. Das Glas schmolz

wie Schnee im August. Drei Sekunden später stand Andy in dem Raum dahinter. Ein Zimmer, vollgestopft mit den neuesten Spielzeugen aus der Werbung.

Aus dem Nebenraum ertönte ein Schmatzen. Mit einem Satz war Andy Action um die Ecke. An einem Tisch hockte ein Koloss. Auf einem Stuhl, der mit Stahlträgern verstärkt war. Bauch und Gesicht aufgebläht wie Luftballons kurz vor dem Platzen. In der einen Hand hielt der Klops eine Flasche Slurp-Brause. Die andere Hand rührte in einer Badewanne voller Lutschbonbons. Vor ihm lagen die Pläne der Wasserleitungen von Los Angeles. An der Stelle, an der sie sich trafen, waren mehrere weiße Mäuse auf die Rohre gezeichnet. Neben dem Tisch parkte ein Quad.
„Guten Abend, Fat Mike", grüßte Andy Action. „Mich hängt niemand ab, wie du siehst."
Der Junge ließ eine Handvoll Drops auf den Boden fallen.

„Dein Plan war genial. Du hast riesige Speckmäuse in die Rohre gestopft, die Los Angeles mit Wasser versorgen“, fuhr Andy fort. „Durch die Flüssigkeit quollen sie auf und ließen nicht einen einzigen Tropfen mehr hindurch. Die Stadt jault vor Durst. Du wolltest uns alle umbringen!“
Fat Mike riss entsetzt die winzigen Schweinsaugen auf.
„Nein!“, jammerte er. „Ich wollte nur, dass

alle Welt endlich merkt, wie gut unsere Slurp-Brause schmeckt.“ Mühsam stand Fat Mike auf. „Irgendwann würden dann alle so aussehen wie ich und keiner könnte mich mehr hänseln!“

Fat Mike watschelte zur Wand hinter dem Tisch und schnaufte. „Aber wie bist du auf mich gekommen?“

Andy Action lachte. „Das war leicht. Die Kratzer an den Rohren, die stammten von deiner großen Schnalle am Gürtel. Und die Sache mit dem BMX-Rad. Das ist eine Spezialanfertigung. Das geht nicht einfach so kaputt, wenn ein normales Quad darüberfährt. Der Fahrer musste also ordentlich was wiegen. Und dann die Speckmaus. Die ist auf allen Werbeplakaten in der Stadt zu sehen.“

Fat Mike nickte reumütig. „Du bist gut, wer auch immer du bist. Gratuliere!“

Fat Mike streckte Andy Action seine Hand entgegen. Agent 13/13 wollte sie nehmen. Da erklang ein Klicken. Fat Mike hatte einen Schalter an der Mauer umgelegt.

Unter Andys Füßen öffnete sich eine Luke im Boden. Für den Bruchteil einer Sekunde erkannte er einen riesigen Behälter mit pinkfarbener Flüssigkeit. Die vierte Brause, deren Mischung er nicht herausfinden konnte!
Doch Andy fiel nicht. Blitzschnell packte er Fat Mike am Kragen. Mit einem einzigen Ruck zog er sich an dem Fiesling

hoch. Fat Mike verlor das Gleichgewicht und kippte nach vorn. Andy Action stieß sich von dem fallenden Koloss ab und bekam den Rand der Luke zu fassen. Im selben Moment spritzte rund um ihn herum die pinke Limonade meterhoch. Faustgroße Tropfen blieben an den Wänden kleben.
Andy Action sah in die Halle unter sich.

Fat Mike schwamm wie ein Gummiball auf der Oberfläche des Kessels. Er strampelte wie ein Pudel, aber die klebrige Flüssigkeit hielt ihn gefangen. Das letzte Rätsel war gelöst. Mit dieser Brause hatte Fat Mike die Deckel auf den Wasserrohren zugekittet!
Andy Action spurtete in den Raum mit den Spielsachen und warf Fat Mike eine riesige Gummiente zu. „Ertrinken ist genauso schlimm wie verdursten“, rief er dem Knilch zu. „Halt dich daran fest, bis sie dich rausziehen.“
Dann griff er zum Telefon. „Ich weiß, wer für das verschwundene Wasser verantwortlich ist“, meldete er der Polizei mit verstellter Stimme. „Verfolgen Sie diesen Anruf zurück. Hier werden Sie den Täter und viele Beweise finden.“
Andy warf das Telefon in die Badewanne

mit den Bonbons. Dann kletterte er aufs Dach zurück und flog in die Zentrale.
Im Waisenhaus „Zum frommen Lamm“ wartete schon sein Chef auf ihn. Mit einem dicken Lob, einem Glas eiskaltem Wasser – und einem neuen gefährlichen Auftrag.

Leserabe

Glossar

Analyse
genaue Untersuchung

Hacker [sprich: Häcker]
Person, die fremde Computer ausspioniert

Game-over [sprich: Gäim ower]
Englisch für „Das Spiel ist aus“

Zentrale
Hauptquartier

Hollywood Hills [sprich: Holliwud Hills]
Stadtteil von Los Angeles

Scanner [sprich: Skänner]
Gerät, das etwas fotografiert und überprüft

CIA [sprich: Si Ei Äi]
Geheimdienst der USA

Laser [sprich: Läiser]

Gerät, das einen starken Lichtstrahl erzeugt

Pipeline [sprich: Peiplein]

lange Leitung, durch die Wasser oder Öl fließt

Bike [sprich: Baik]

Englisch für Fahrrad

slurp [sprich: slörp]

Englisch für schlürfen

Quad [sprich: Kwod]

kleines Gelände-Fahrzeug mit vier Rädern

Headset [sprich: Hädsett]

Kopfhörer mit Mikrofon

Softdrink

Getränk ohne Alkohol, z.B. Limonade

Leserabe Leserätsel

Checkliste

Die wichtigsten Fragen zur Geschichte:
Wer · Was · Wo · Wie · Warum

Wer ist verdächtig?

- ☐ Andy Action **B**
- ☐ Fat Mike **A**

Was ist das Problem?

- ☐ Die Nahrungsmittel sind knapp. **L**
- ☐ Es gibt kein Wasser mehr. **G**

Wo ist es passiert?

- ☐ In New York. **O**
- ☐ In Los Angeles. **E**

Wie ist es passiert?

- ☐ Die Wasserrohre sind verstopft worden. **N**
- ☐ Die Wasserrohre sind gestohlen worden. **S**

Warum ist es passiert?

- ☐ Um den Verkauf von Brause zu erhöhen. **T**
- ☐ Um die Menschen vor Wasser zu schützen. **C**

Lösungswort:

Alle Fragen richtig beantwortet?

Dann ist es Zeit für die Rabenpost.
Wenn du das Lösungswort herausgefunden hast, kannst du tolle Preise gewinnen. Aber bitte frage vorher deine Eltern, ob du mitmachen darfst!

Gib es auf der Website ein:

▶ www.leserabe.de

* Wir verwenden die Daten der Einsender nur für das Gewinnspiel und nicht für weitere Zwecke. Alle weiteren Informationen zum Datenschutz und über unser Gewinnspiel findet ihr unter **www.leserabe.de**.

Leserabe

Leichter lesen lernen mit der Silbenmethode

ISBN 978-3-473-**38573**-7*
ISBN 978-3-619-**14440**-2**

ISBN 978-3-473-**38563**-8*
ISBN 978-3-619-**14473**-0**

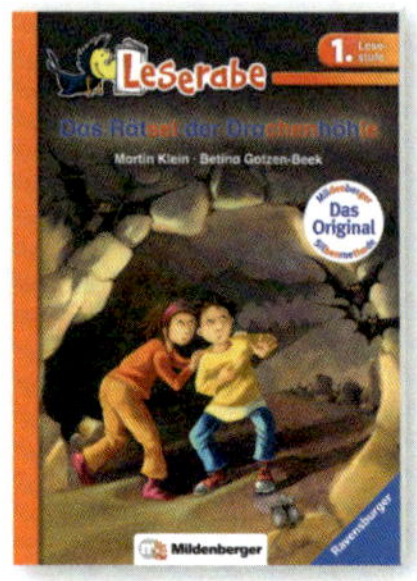

ISBN 978-3-473-**38576**-8*
ISBN 978-3-619-**14442**-6**

ISBN 978-3-473-**38552**-2*
ISBN 978-3-619-**14443**-3**

ISBN 978-3-473-**38544**-7*
ISBN 978-3-619-**14355**-9**

ISBN 978-3-473-**38095**-4*
ISBN 978-3-619-**14448**-8**

ISBN 978-3-473-**38553**-9*
ISBN 978-3-619-**14447**-1**

ISBN 978-3-473-**38572**-0*
ISBN 978-3-619-**14445**-7**

ISBN 978-3-473-**38570**-6*
ISBN 978-3-619-**14483**-9**

ISBN 978-3-473-**38565**-2*
ISBN 978-3-619-**14480**-8**

ERZ_21_008

** **Gebundene Ausgabe** bei Mildenberger • **Broschierte Ausgabe** bei Ravensburger